【岳麓文辑】 张立云·主编

鹰之歌

出生荒崖窠巢陋，任凭风雨苦不愁。
待到羽毛丰腴日，展翅长天竞风流。

杨芝英 著

YINGZHIGE
YINGZHIGE

团结出版社
UNITY PRESS

图书在版编目(CIP)数据

鹰之歌 / 杨芝英著. -- 北京：团结出版社，
2021.4
（岳麓文辑 / 张立云主编）
ISBN 978-7-5126-8676-2

Ⅰ.①鹰… Ⅱ.①杨… Ⅲ.①诗集–中国–当代
Ⅳ.①I227

中国版本图书馆 CIP 数据核字（2021）第 046069 号

出　　版	：团结出版社
	（北京市东城区东皇城根南街 84 号　邮编：100006）
电　　话	：(010)65228880　65244790
网　　址	：http://www.tjpress.com
E－m a i l	：65244790@163.com
经　　销	：全国新华书店
印　　刷	：长沙印通印刷有限公司
装　　订	：长沙印通印刷有限公司

开　　本	：142 毫米×210 毫米　　　　1/32
印　　张	：39
字　　数	：841 千
版　　次	：2021 年 4 月第 1 版
印　　次	：2021 年 4 月第 1 次印刷

I S B N：978–7–5126–8676–2
定　　价：398.00元（共九册）

目录

CONTENTS

雏鹰

出生荒崖窠巢陋，任凭风雨苦不愁。

待到羽毛丰腴日，展翅长天竞风流。

（1954 年 4 月）

观融雪有感并序

寒假自邵阳市回家途中，见红日高照，白雪融化，雪水从山坡汇入田塘。

红日当空挂，白雪满地化。

高山涌千泉，低塘汇百流。

（1954 年 12 月 28 日）

邵水夜叙并序

　　明天我将赴解放军飞行学院学习飞机驾驶。今夜,秋仑相约与我告别。

　　月笼邵水渔火旺,风送田野稻谷香。

　　柳丝舞影贺恋人,织女含羞许牛郎。

(1958 年 8 月 28 日)

晨飞

　　昨夜新津①垂雾帐,东西南北不知向。

　　晨鹰一声穿雾上,卫国何惧征途障。

注①:新津,即四川省新津飞机场。

(1959 年秋)

新婚礼并序

　　腊月十一日夜,月光如银,我和妻在群力煤矿本部大坪举行婚礼,各级领导、群众数百宾客来贺。

　　蓝天明月笼青山,大红灯笼映群颜。

　　矿长主婚祝词好,宾客掌声锣鼓喧。

　　一对新人拜天地,十桌喜糖答客愿。

　　夜深千山万籁静,月光如水照红联。

(1963 年 1 月 6 日)

踏着铁人脚印走

山水为咱洗尘垢,岩石为咱磨钻头。

热汗为咱练筋骨,老茧教咱勤奋斗。

踏着铁人脚印走,煤海乌金滚滚流。

(1975 年 4 月)

端午友人长沙聚酒

端午聚友麓山陲，玉液伴歌频举杯。

人生几回喜相聚，畅饮千杯不觉醉。

天青地绿人长久，千折百回情不摧。

且看新桥连两岸，情深意厚湘江水。

注：新桥，指 1972 年通车的湘江一桥。

（1973 年夏）

梓树并序

　　清明节，友人陪我到上堡高山处踏春，见山坡灌木丛生，春花似锦，踏青人赞不绝口。我们穿过丛丛灌木，至林深处，见无数梓树并生，高耸入云，且不少梓树已老朽倒地腐烂，心想此等高尚木材，可做屋梁，便如此被湮没，深感可惜，遂赋诗以颂之。

　　凌云高且直，世人夸优质。
　　灌木花迷庸，伯乐远难识。

（1980 年 4 月）

菊花

寒风杀尽种种花，山野铺满层层霜。
藐视风霜展丽质，独向人间送清香。

（1980 年 11 月）

登峨眉山（二首）

（一）

少羡峨眉赏宝光，壮苦神州度寒窗。
千里相奔情切切，一朝登顶空茫茫。

（1994 年 8 月）

（二）

传说此山通仙乡，迷惑几多追仙狂。
落发孤身栖大庙，磕头双手举高香。
岁月蹉跎袈裟破，老残气绝丧钟响。
白骨化泥是信仰，空见青烟绕寺梁。

（1994 年 8 月）

融冰

冬月思春迫,今日春风来。

雨过原野新,冰融鲜花开。

（1996 年 3 月 16 日）

春晨曲

春风叩窗话语新,晓看秧田幼苗青。

静听布谷声声脆,喜看双燕翩翩情。

（1996 年 3 月 17 日）

学生生活（二首）

（一）

潜心课堂苦读书，挥汗操场精练武。
课余林中竞诗画，闲时凉亭观荷鱼。

（1996 年 7 月）

（二）

满园花木满园春，"一二三四"声入云。
三千学子向前进，壮我警威有来人。

（1996 年 7 月）

登华山

华山峻峭一条路,西峰放眼三秦舒。
酬志何惧登攀险,俯瞰群山向峰舞。

(1996 年 8 月 18 日)

山坡桂花林

八月秋爽满树金,四方游客擦肩行。
人人翘指赞花香,句句含情夸美景。

岁末寒风消香色,昔日赞客无踪影。
绿树丽姿依旧在,白雪绿叶新风韵。

(1999 年冬)

校园组诗(二首)

(一)

满目荒岭何须愁,壮志为国写春秋。

除净野草栽大树,夷平秃山建高楼。

难关险阻展鹏翅,惊涛骇浪泛轻舟。

几度风雨不足道,今朝学府竞风流。

(1996 年 12 月)

(二)

莫道风景已是好,高大目标路尚遥。

改革开放再深入,学校层次应升高。

同心同德是根本,从严治校掀新潮。

瞄准大学朝前走,世界谁敢比我俏。

(1996 年 12 月)

题前庭无花果树被砍而重生

寒冬遭砍身，犹存正本根。

一夜春风来，几多新芽生。

（1999 年秋）

无花果

素无媚人花，只有奉献心。

待到金秋日，满树硕果馨。

（1999 年秋）

深秋日暮感怀

落霞鸟鸣稠，池柳蝉歌秋。

对窗品秋色，放眼看泉流。

一年又将尽，多思会添愁。

莫问前后事，对月千杯酒。

（1999 年 10 月）

黄山行

欲揽明月登天都，胸怀九州踏莲花。

穿云笔架待神笔，破石古松迎客家。

万里云海绕绿岛，九龙瀑布晾白纱。

老腰不宜躬古寺，光明乘日访女娲。

（1999 年 12 月）

六十寿诞感怀

岁岁昼夜客满门，天天家中难安宁。

四海来人认亲戚，几多马屁称父亲。

昨满花甲卸职归，从此门庭享安宁。

六十大寿不设宴，儿孙举杯共相庆。

（2000 年 12 月）

小煤店并序

应友之邀，共筹资在耒阳产煤山区搭棚开一煤店。

耒阳公坪竹山前，茅棚煤店清泉边。

客喧鹊闹斜阳树，大赚潇洒小赚钱。

（2003 年 4 月）

农舍日暮

舍前春池蜻蜓追,高树巢边暮鸦归。
炊烟袅袅传饭香,鸡鸭姗姗各自回。

（2004 年 4 月）

春耕

白云簇斜阳,乳雾笼山梁。
春垄人声高,机鸣牛哞长。

（2005 年 4 月 10 日）

春雨

风吹秧苗舞绿剑,雨垂绿树挂晶帘。
青蛙也庆春雨好,蛙鼓敲到五更天。

（2005 年 4 月 16 日）

洗衣歌

春暮崇山间,古旧农舍前。
青草曲径茂,蜻蜓池塘旋。

曲坐矮凳上,盆置双腿间。
搓衣嚓嚓嚓,雀跃点点点。

（2005 年 4 月 27 日）

惜春

垂柳摇玉帘,雏鸡叫声乱。
雀隐橘林中,蝶栖残花边。

春光无限好,清风两袖间。
可惜春色尽,徒看百花残。

（2005 年 4 月 27 日）

闲居

洗衣东池边,晾衣西廊前。
躺椅品香烟,闭目听鸟喧。

（2005 年 5 月 19 日）

山乡赏月(二首)

(一)

山乡明月笼山头,携酒赏月上高楼。

吴刚共饮千杯醉,梦里销却万般愁。

(2005 年 5 月 18 日)

(二)

遥望寒宫伐桂人,千唤万呼总不应。

我欲助伐恨无翼,空怜吴刚累又冷。

(2005 年 5 月 18 日)

村暮耕人归(二首)

(一)

日暮虚里笼炊烟,春风柳烟缀山川。
拱桥小犬随主回,满垅归人笑声甜。

(2005 年 5 月 20 日)

(二)

日暮山径笑语脆,溪畔柳前紫燕飞。
白鹭田间漫步悠,黄犬摇尾迎人归。

(2005 年 5 月 20 日)

春耕曲

三月犁田忙，沃土发清香。
燕贴犁头飞，鹰伴纸鸢翔。

八哥舞牛背，喜鹊闹山乡。
满垅叱牛声，家家抢春光。

（2005 年 5 月 20 日）

秧苗

新柳依泉长，秧田近村庄。
风展绿绸翻，此绸谁可纺？

（2005 年 5 月 20 日）

春晨

晨曦初照竹，出门抢春时。
身披蒙蒙雾，脚粘莹莹露。

三早当一工，一春系四时。
插秧舞姿新，舞罢田畴绿。

（2005 年 5 月 21 日）

山洪救人英雄

雷鸣电闪风雨骤，山洪暴发呼啸狂。
不知庄稼何处去，只见浊浪奔虎狼。

山崩地裂泥石滚，桥断屋塌人遭殃。
英雄救人身先死，千家万户泪满裳。

（2005 年 5 月 26 日）

山村暴雨 (二首)

(一)

夜深暴雨袭山乡，晓来满垅水茫茫。
丘丘禾苗不见绿，座座青山变河床。

（2005 年 5 月 26 日）

(二)

昨夜雷霆风雨狂，晓看山洪卷泥浪。
只见洪水不见绿，梯田层层瀑布黄。

人人奔呼无对策，家家跺脚徒心伤。
一年生计付东流，空见泥石愁断肠。

（2005 年 5 月 26 日）

山村暮色

稻田新雨后,青山岚气稠。

日暮耕人归,炊烟笼村楼。

(2005 年 6 月 17 日)

谢友人赠我光碟

曾学英语不觉少,用时方知是皮毛。

友人送我英语碟,欲助高飞鹏程遥。

(2005 年 6 月 12 日)

山村夜话(二首)

（一）

耕作科学化，村民多余暇。
青壮打工去，老少种庄稼。

日落赏明月，抽烟品新茶。
笑谈致富经，八仙各有法。

（2005 年 6 月 21 日）

（二）

围坐月下聊，夸赞桑麻好。
言及增收事，笑声惊宿鸟。

（2005 年 6 月 21 日）

道吾山中秋夜感怀(三首)

(一)

中秋道吾拜月仙，促膝松石话团圆。

官宦书香十代半，清屹背诗三十三。

（2007 年中秋）

(二)

山风乱窜寒气殊，圆偎父怀暖身舒。

爷爷奶奶作风屏，姑姑姑爷逗乐趣。

谁悬玉盘蓝天上，恰是圆孙掌上珠。

必尽心血精养育，他年屹立参天树。

（2007 年中秋）

（三）

家聚道吾山，赏月天湖边。
品饼古松下，促膝石亭间。

凉风拂秋叶，湖波摇玉盘。
云净星月洁，山高目光远。

（2007年中秋）

广西龙胜梯田(三首)

(一)

梯田三千层,离天一尺近。
清泉挂蓝天,黄牛耕白云。

天梯竖琵琶,圆山列玉瓶。
何须羡天堂,此处胜仙境。

(2008 年 3 月)

(二)

千仞重峦嶂峰青,百座琼楼玉宇城。
曲线万条标等高,梯田千层叠明镜。

百里雕塑夺天工,千载龙胜绣奇锦。
夜临当别不思别,欲登天梯摘星辰。

（三）

霞映雕塑神韵新，雾迷神山蓬莱境。

欲别难舍恋意重，回首满腹龙胜情。

风吹芦笛奏仙乐，雨弹琵琶传仙音。

何必空羡天堂美，不如常住龙胜村。

（2008 年 3 月）

中秋夜宿道吾山（二首）

（一）

道吾中秋静，明月清风凉。

岁月逢耄耋，飞雁到衡阳。

绿色随风去，高山独自昂。

待到春雨日，还来看新装。

（2009 年中秋）

（二）

天青星月明，山高秋夜静。

远山朦鲜乳，石坪铺白银。

清屹追姑乐，笑寒鼓掌跟。

文胜当保镖，爷奶笑盈盈。

（2009 年中秋）

秋登岳麓山感怀

少年长沙求学，踏春满山撒野。

而今已是秋末，满眼红枫落叶。

（2009 年 10 月 18 日）

批竹

不学无术腹中空，嘴尖皮厚腰背弓。

风吹雨淋忙叩首，盘根错节结恶盟。

（2010 年 4 月 12 日）

孤灯吟赠南方君

淫雨茫茫入夜深，车轮滚滚扬水声。

遥思江边君何如，此处孤灯照孤影。

（2010 年 5 月 27 日）

中秋夜感怀并序

今年中秋夜，乌云满天，冷风飕飕，因妻病重，节日过得十分冷凄。

昔年中秋碧空净，一轮圆月照家人。

千言万语悄悄说，莺歌燕舞深深情。

今年苍天脸灰灰，满地凄风冷冰冰。

回首自问缘何故，长叹妻子病情深。

（2011 年中秋夜）

戈壁夜思并序

月光如水戈壁空，泪花相随影相从。

白云匆匆秋夜静，凉风习习衣襟动。

眼望银河无穷远，心生相思万千重。

欲问晓冰在何处？忽见她在鹊桥中。

（2011年6月20日）

忆梦

春去秋来冬又近，花残叶落雪将临。

回首岁月随风去，空遇故人梦中行。

（2011年9月2日）

梦故人

常思故人梦故人，相见无语携手行。

心中几多恩爱事，化作两行热泪淋。

（2011 年 9 月 2 日）

山居乐

居山听鸟声，临溪观鱼沉。

堂前种蔬菜，月下拉胡琴。

（2013 年 3 月）

日暮孤鸟

暮色苍茫孤鸟忧，乱飞巢边枯枝树。

频顾空巢无侣伴，举喙长呼对天哭。

（2013 年 3 月）

种菜乐并序

　　我在丁字镇朋友家借了三分荒蛮之地，亲自垦为菜地。此处离家 46 公里，每日开车去精细耕耘，四季不停，先后种有 20 余种蔬菜，皆得丰收。

百里山乡学渊明，三分菜园种诗情。

风摇绿叶碧玉动，蜂恋黄花歌声频。

清晨采撷竹篮满，午间烧烤古樟荫。

莫道驱车成本高，远离污染抵万金。

（2013 年春）

山乡乐

入山倍觉空气新，举目远离雾霾尘。
炎阳烤背日光浴，手茧流血国画新。

闲依斜柳看鱼跃，暮傍山林听鸟音。
泉边伴农话桑麻，月下摇扇数星辰。

（2013 年夏）

种菜乐无愁

山上山下绿色秀，屋前屋后鸟声稠。
蛙声唤起蝴蝶飞，春风吹红桃花沟。

菜园逢春层层绿，泉水绕园潺潺流。
种菜胜游蓬莱阁，只知欢乐不知愁。

（2014 年春）

种菜丁字湾

种菜丁字湾，听鸟书堂山。
烧烤古樟下，垂钓曲柳边。

日暮闲躺椅，夜静慢吸烟。
月明山野清，心舒天地宽。

（2014 年春）

种菜趣

土荒十年野草蓬，我耕三月西施容。
菜绿花黄金伴玉，蜂歌蝶舞霞映虹。

（2014 年春）

山区日暮

落日两峰间,轻雾一谷悬。

炊烟生木楼,红云入清泉。

(2014 年 5 月 3 日)

姜陈女

每逢贤友妒意生,昼夜潜心谋算勤。

四十五岁居山墓,办公桌椅今犹新。

(2014 年 5 月)

久旱浇园曲

久晴不雨菜地干，青藤绿叶蔫头惨。
远池挑水汗胜雨，浇水权当救生丸。

我劝天公早降雨，应助耄耋勤耕园。
待到菜美碧如玉，恭请天公共尝鲜。

（2014 年 7 月）

谒霍去病墓

祁连何青青？石岭卧忠魂。
欲酬报国志，先拜霍将军。

（2014 年 8 月 3 日）

燕之情

　　我驾车在长益公路上行驶，见前车撞死一只燕，另一燕见伴侣被撞，疾飞下地反复用喙去扶，见无法扶起，其鸣甚悲。其因见停车观看者多，遂起飞在空中盘旋数周，才哀鸣离去。

　　双燕路中戏，汽车飞箭至。

　　燕惊展翅迟，一燕撞车死。

　　飞燕疾复下，劲喙欲扶起。

　　久扶不见动，嘶鸣催人泪。

（2014 年 4 月 2 日）

题蔡伦竹海(二首)

(一)

翠竹连百里,碧海浪无垠。
劲风响琴声,雄鹰翔白云。

麂呼几声沉,莺啼千竹应。
竹摇沙沙语,淑女窃窃声。

长居竹乡好,日月气象新。
流连不思归,愿做伴竹人。

(2014年7月)

（二）

月夜游竹乡，山静赏月光。

风动竹影乱，月斜人影长。

清泉乱玉璧，寒宫舞银装。

月光乳色氽，苔石锦绣床。

人言蓬莱好，不如竹海强。

常年卧竹乡，何须还城巷。

（2014 年 7 月）

寒冬盼春

日日零下天地冰，家家空调昼夜鸣。
突枝嘶号疑鬼哭，麻雀展翅犹无劲。

出门犹如入冰窟，迎风恰似刀刮身。
轻翻日历查节气，只看哪天才立春。

（2015 年 1 月 24 日）

七十五岁生日感怀

降生书香逢家落，三岁倭寇戮父命。
米尽炊断草果腹，天寒衣破风缠身。

寒窗成材心报国，征途绩显遭诬凌。
血伴泪水斩荆棘，写就青史廉政名。

（2015 年 12 月）

开封府

十年汴京又重游，一朝心头释千愁。

帝王将相今何在？雕梁画栋仍依旧。

（2015 年 8 月）

垂钓黄陂湖并序

湖北钟祥黄坡湖纵横十余里，今偕陈炳光及其父兄垂钓。

雾轻湖面蓝，日出波光滟。

近岸游野鸭，远水行渔船。

浮标随风摇，竹排任浪颠。

未曾收白鱼，但觉又青年。

（2015 年 9 月 21 日）

钓秋风

母喻报国应建功,饥读寒窗熬苦穷。

宏绩彪史空两袖,荆州垂钓赏千红。

（2015 年 9 月 21 日）

秋钓

退休孤无事,昼夜惟伴书。

正值秋色好,独钓清水鱼。

（2015 年 9 月 21 日）

莫愁湖并序

与陈炳光父子同游湖北钟祥市莫愁湖。

莫愁湖畔劝莫愁，人生多愁空白头。

柳色青青映水碧，岁月悠悠任其流。

（2015 年 9 月 21 日）

秋日垂钓湖北黄陂湖

霞映黄陂湖，万顷金波舞。

红叶鸣乌鹊，绿水飞白鹭。

忘却钓鱼事，专赏秋色殊。

两袖满秋风，半日空无鱼。

（2015 年 9 月 22 日）

秋雨垂钓

秋风飒飒云沉沉,黄叶萧萧雨淋淋。
浪拍岩岸飞雪花,标舞芭蕾展娉婷。

静心观标晌午时,满身方觉湿衣冷。
莫笑钓鱼水平差,归看得鱼无一人。

（2015 年 9 月 23 日）

题清屹大通湖采芦花照

一夜秋风醉湖荡,万朵芦花舞新妆。
采花一朵细细究,读书万卷路路畅。

（2015 年 10 月 4 日）

题清屹沅江玩水上高尔夫照

碧湖乐玩高尔夫,绿波轻漾球场殊。

一杆小球激浪花,满湖碧波涌幸福。

（2015 年 10 月 4 日）

题大通湖清屹游乐照

益阳大湖渔场边,碧水绿树农舍前。

童稚嬉坐旋椅舒,父亲笑看心里甜。

（2015 年 10 月 5 日）

题笑寒大通湖畔晨照

白云飘飘踏晨曦，湖水汪汪连天帏。
遥望天际一弓碧，近赏大蟹四两肥。

（2015 年 10 月 5 日）

秋登岳麓看红枫

满山枫树着红装，万杆旌旗舞艳阳。
高秋灿灿人欢醉，小虫凄凄命不长。

（2015 年 10 月 26 日）

菜园鸟(二首)

（一）

巢窠山麓青樟巅，歌舞园中绿菜间。

日出伴我同耕乐，月笼青山各自眠。

（2015 年 10 月 22 日）

（二）

小巢舍前清池边，相逢菜地人鸟缘。

解愁为我亮歌喉，添乐伴我共翩跹。

同耕忘却烦心事，相伴倍觉天地宽。

日暮惜别各自归，夜来隔窗共月眠。

（2015 年 10 月 22 日）

游东安县舜皇山国家森林公园(二首)

(一)

何处风光丽？舜皇山色奇。

瀑布三五处,清泉七八里。

绿树掩曲径,白云绕我膝。

寓宿半山中,归去不知期。

（2015 年 12 月 2 日）

(二)

拾级舜皇清溪流,俯视白云半山悠。

忘却陡径千丈远,销去心中几多愁。

（2015 年 12 月 2 日）

元旦夜思（二首）

（一）

寒雨久笼长沙城，冷庐独居断肠人。

三江无情奔大海，孤灯惨淡伴只影。

注：三江，指湘江、浏阳河、捞刀河。

（二）

今逢新岁忆征程，闲看时钟销光阴。

少小寒窗遭白眼，老大陋室抗赤贫。

拳心专酬报国志，官场多舛履薄冰。

四十四年忠魂血，赢得清风慰祖灵。

注：笔者 17 岁考上解放军航空学校始，61 岁退休，整整 44 年。

（2016 年元旦）

元宵雨夜独自外游感怀

元宵无灯月，冷雨游乡野。
夜黑山河隐，泥深阡陌窄。

不闻闹灯声，疑做世外客。
千家闭门乐，孤叟独凄切。

（2016年元宵夜）

长沙雪晴日

数月雾霾兼雨霆，长沙太阳映雪晴。
罕见蓝天开心扉，眼望山野铺白银。

老壮扬眉伸筋骨，童稚雪战堆雪人。
雾霾一去不复返，污染长消利国民。

（2016年1月23日）

候鸟人

北海腊月胜似春，银滩十里人如云。
暖风碧海使人醉，天命古稀薄衣襟。

拄杖携手濡沫情，谈笑风生异地音。
相问旅游何时归，笑答已做候鸟人。

（2016 年 1 月）

春乡日暮

柳枝吐芽翡翠绿，晚霞依山玛瑙红。
黄莺停唱呖呖歌，炊烟斜卷微微风。

（2016 年 2 月 25 日）

春色

梅花落尽紫燕翔，春风细剪柳叶长。

夜听雷雨报春急，晓看桃花带雨香。

（2016 年 2 月 28 日）

山中杜鹃花

开在青山别样红，静送异香满山中。

深山丽质人不识，高堂假花受恩宠。

（2016 年春）

题唐亚琴发电风车照(二首)

(一)

立地欲擎天,为电昼夜转。

飙狂不折腰,雪暴只等闲。

不思财帛事,唯与清风恋。

累到生命尽,犹嫌岁月短。

(2016 年 2 月 11 日)

(二)

屹立山巅转不停,拥抱清风揽浮云。

历尽艰险不退缩,洒向人间是光明。

(2016 年 2 月 21 日)

桃花源游人

春风桃源青山边,游人如织笑语喧。
不问秦洞何处是,只依桃花照红颜。

（2016 年春）

春居农舍

朝迎鸟语出柴门,满眼青山连白云。
径草莹露湿旧鞋,田间菜花鸣蜂韵。

细察瓜菽拱白芽,闲坐柳塘赏蛙声。
浊雾浊霾浊气远,清风清溪清景近。

（2016 年春）

天上迎春音乐会（二首）

（一）

金链舞处云台矮，天师各展仙乐才。
轻雷隆隆鼓音柔，霹雳嚓嚓钹声来。

雨拨琴弦润物新，风吹箫笛催花开。
年年春曲旋律旧，岁岁人生容颜改。

（2016 年 3 月 20 日）

（二）

电光一闪天幕开，云天万里大舞台。
雷鸣如鼓音悠扬，霹雳赛钹声豪迈。

劲风一支吹玉笛，雨琴千把奏天籁。
红日蓝天仙乐静，远山近花新春态。

（2016 年 3 月 20 日）

题唐亚琴夕照

梅花落尽百花重，白日依山落霞红。
莺燕啼啭共和鸣，桃李妖艳相争宠。

水映清影蓬莱阁，风摇丝绦绿帘动。
春色正美须多看，夜幕降时满目空。

（2016 年 3 月 22 日）

春耕曲

林舍闻鸟起，菜园带露耕。
花香入心扉，蝶舞绕我身。

新种入沃土，收获满身心。
日斜人影长，月明空山静。

（2016 年 4 月）

伴

鸡食园篱外，犬卧菜畦边。
晨共踏露出，暮同披霞还。

（2016 年 4 月）

山乡晨

林鸟初歌惊梦醒，推窗圆月依西岭。
闲伴斜月坐苔石，静听泉鸣看晨星。

（2016 年 4 月）

树木春色

春色年年是新春，人生岁岁不再新。
树绿一年高一年，人度一春少一春。

（2016 年 4 月）

感春

年年春色皆复重，岁岁人生不相同。
春色尽染绿野新，春水新照白头翁。

（2017 年春）

农舍晨光

舍后林深闻鸟喧，踏露出门看新田。

垅亩稻秧涌绿澜，春池蛙声兆丰年。

（2017 年春）

玫瑰吟

前庭玫瑰含露羞，常采并蒂插妻头。

虽怀千言羞与说，牵我双手送秋眸。

五十三年鲜花度，两万多天宦海游。

问我失君几多愁，恰似湘江日夜流。

（2017 年春）

春居黑糜峰

春居黑糜麓，自赞岁月舒。
浮云绕山白，层林掩泉绿。

山青映绿江，霞红飞白鹭。
花池赏鱼跃，月下数新竹。

（2017 年春）

跳马秋色

跳马山岭秋色新，一半新黄一半青。
树绿农舍葡萄紫，橘红山坡斑鸠鸣。

雁阵横空云絮飞，白鹭漫步山溪清。
黛玉何须悲春花，旖旎秋色更含情。

（2017 年秋）

竹林思（二首）

（一）

君性生来爱春笋，雨后牵手入竹林。
两手竹叶两脚泥，满头水珠满身春。

出得竹林举篮比，君胜我输是常情。
门前对坐剥笋壳，玉条紧连夫妻恩。

（2017 年春）

（二）

年年春雨笋发时，邀我扯笋兴致殊。
山坡泥泞仍欢笑，荆丛险坡全不顾。

今春又是笋发时，君影笑靥在何处？
归来依门苦寻思，不知天堂有竹无？

（2017 年春）

长沙黄花机场送清屹孙
赴英国研学并序

2017 年 7 月 23 日,清屹所在的湘一青竹湖外国语学校组织十余学生赴英国研学,我和其父笑寒到黄花机场送行。

万里研学赴西欧,一飞冲天竞风流。
天蓝云淡机影远,初别难舍泪湿袖。

(2017 年 7 月 23 日)

春燕

寒春衔泥筑巢舍,檐下哺雏苦沥血。
一旦羽丰四方去,孤巢空对秋风烈。

(2017 年秋)

秋游宁乡灰汤山村

垅田稻穗黄,秋山橘园绯。

村舍犬吠高,池塘鸭鸣脆。

野菊满阡陌,泥香沁心肺。

愁情随风去,霞尽不思归。

(2017 年 10 月)

橘山秋色

旭日照山醒莺鹊,橘子正红沐秋风。

橘农背筐采撷忙,姑娘捧橘笑声浓。

山路穿林车成龙,满载红橘奔西东。

橘农喜数手中币,一沓新钞张张红。

(2017 年 10 月)

题笑寒月照(二首)

(一)

久雨过后夜天蓝,霄汉深处嵌玉盘。
玉盘年年照神州,神州月月赏月圆。

(2017 年 11 月 26 日)

(二)

玉兔游蓝天,白云涌兔边。
月明山河秀,秋深夜色阑。

(2017 年 11 月 26 日)

喜雨吟

刚下三时雨，除却半月晴。
草木沐大浴，积水满前坪。

遥想沐圣地，亦是滋润深，
天公常作美，应时降甘霖。

（2017 年 11 月 28 日）

劝天公

小雨半日天又晴，沐圣幼苗待水生。
我劝天公多降雨，直把绿树变黄金。

（2017 年 12 月 25 日）

耕山曲

山土松如沙，雨停水不在。
泥少根难附，水缺苗易衰。

春雨池塘满，夏酷水泵开。
明日绿装盛，山成碧玉台。

（2017 年 12 月 25 日）

梨花

一树春花白，八方野蜂来。
蜜尽蜂不复，花落香犹在。

（2018 年春）

人间游

耄耋苍鬓何须愁？孩提追打汗满头。

生命长短不需计，人间游完天宫游。

（2018 年春）

雷雨天

擂响铜鼓挥金练，横扫冰雪破寒关。

草木逢雨吐新叶，紫燕衔泥孵小燕。

（2018 年春）

感时

已是艳阳五月天,草木葱绿百花残。
莫道衣着须随风,人穿短衬我穿棉。

（2018 年 5 月）

长沙夜雨后

昨夜东风昨夜雨,洗净雾霾洗净树。
岳麓叠翠远在眼,清街映日使人舒。

（2018 年初夏）

秋思

秋叶落地半山红，燕子衔泥一场空。
只有柳絮飘摇好，不问东西南北中。

（2018 年 9 月）

中秋夜雨感怀并序

今值中秋，入夜，欲赏月，而云雨极盛，无可见月。
连日淫雨久不歇，穹庐乌云黑胜墨。
欲破云层赴寒宫，将与吴刚共度节。

（2018 年中秋）

燕子

春风衔泥筑新巢,呕心沥血育雏鸟。
雏鸟振翅四海去,空巢孤忆春光好。

（2018 年秋）

默默无花果

春来不与花争艳,万般花谱榜无缘。
暖阳绿叶默默长,金秋硕果颗颗甜。

（2018 年秋）

重阳节

枫叶初红桂花香，晚霞消尽秋风烈。
嫦娥吴刚遥相邀，天上人间共度节。

（2018年重阳节）

盼立春

风刮秃枝疑人哭，云压远山似天覆。
家家空调昼夜鸣，人人心怨冬日苦。

开门一分风刀利，跑步三里热气无。
欲知哪天会立春？闲坐书房翻历书。

（2018年春）

秋暮

血浸夕阳叶初黄，蝉鸣溪柳声凄凉。
紫燕不知何处去，檐下空留春泥房。

秋风悄悄送凉意，明月皎皎疑新霜。
归来堂前对明镜，少壮青丝改银妆。

（2018 年秋）

重阳节登黑糜峰

八十重阳却忘老，百里黑糜独登高。
驾车行至半山湖，拄杖登顶菊花俏。

（2018 年重阳节）

雪花

银蝶飘然九霄下，玉覆黄野白天涯。

秋菊谢尽梅未醒，天公撒银作春花。

（2018 年 12 月）

北海银滩

大潮退去银滩宽，皱沙满滩海神脸。

波涛连天无穷碧，海鸥争绕打鱼船。

（2018 年 12 月 21 日）

冬至

人说冬至冬天始,痴想春风春雨至。
寒风卷雪横空来,玉树银花满地绮。

冬至不至天不冷,春风何日吹蜂蜜。
一年将随数九尽,对镜长叹无青丝。

（2018 年冬至）

梅花

悄悄开花破冰凌,静静飘香透园庭。
不争春色只献香,百花艳时化为尘。

（2019 年春）

浏阳河之春

骤雨初晴江水浑，曲岸十里草色新。

十男长竿钓春水，一树红梅独报春。

（2019 年春）

瓶中梅

三月白雨初开天，一枝红梅入室来。

浓浓香色使人醉，婷婷姿容七日衰。

（2019 年 3 月 2 日）

堂上梅

友人送来一枝梅,春光流溢满堂辉。
往年赏春四野看,今与瓶梅两相对。

(2019 年 4 月)

观钓鱼

浮标钻入水,渔人猛起竿。
钓竿弯箭弓,长线绷琴弦。

童稚拍手叫,钓翁收盘酣。
春鲤入网篓,游人围篓看。

(2019 年 4 月)

蜜蜂

春光潋滟花满山，晨出暮归飞不倦。

寻遍千山采新蜜，尝尽辛苦难尝甜。

（2019 年 4 月）

赠清屹游黄山

雨后登山处处好，脚踏青云步步高。

光明顶上迎日出，俯瞰众山泥丸小。

（2019 年 6 月 23 日）

河边钓鱼乐

钓竿似弓弯,长线绷箭弦。

白鳞水面翻,蓝天波中乱。

鱼线四方穿,线盘双手旋。

鱼大也认输,翻白上绿岸。

(2019 年 7 月 16 日)

酷暑

谁持火球长天舞?遍烧山野草木枯。

可怜农田秋收人,天不下雨汗作雨。

(2019 年 7 月 18 日)

客至

客从故乡来,喜言致富路。

村村兴大业,家家砌新屋。

（2019 年 9 月 18 日）

题北京警校李贵富校长湖畔钓鱼照

柳垂绿涤千百条,水涌红鳞万重摇。

岸边白石洗作凳,闲坐赏景兼垂钓。

（2019 年 10 月）

边城感怀(二首)

(一)

沱江滔滔水,翠翠淋淋泪。
孤渡日暮秋,千山凉风悲。

望断南飞雁,磕问东流水。
傩送何处去? 天保几时归?

(2019 年 9 月 25 日)

(二)

古城古楼丛丛立,游人游舟紧紧连。
楼影舟影摇清波,少妇老妇捣衣衫。

(2019 年 9 月 25 日)

石板巷

一步一块石板路,一块一页历史书。
石板无陵石窝深,草鞋千载磨凿出。

山重水复天地窄,道陡路曲无出路。
饥寒交迫对天叹,世外桃源谁相顾。

改革开放通高速,游客满街送金玉。
千年穷困饿肌肤,今朝点钞嫌手苦。

(2019 年 9 月 26 日)

平江县纯溪谷（二首）

（一）

长谷绿林新，山鹰蓝天巡。
闲卧危石上，静听清泉声。

（二）

山高纯谷深，石奇怪兽狞。
瀑悬白玉帘，泉奏琴瑟音。

（2019 年 9 月 28 日）

平江秋日落霞

秋霞落红日,黛山连金田。
溪桥归学童,虚里上炊烟。

(2019 年 9 月 29 日)

秋意

一夜凉风一年秋,满地黄叶满腔愁。
目送秋雁南飞去,不知春风重逢否?

(2019 年 10 月 7 日)

题文胜飞宇北海海景居

绿林掩红庄，碧海卷白浪。
朝观出海船，暮看赶海郎。

海景日日新，塔灯夜夜长。
友人踏花至，举杯满月光。

（2019 年 12 月）

稻田夏色

泉白柳烟青，禾壮蛙声频。
待到起秋风，满垅铺黄金。

（2020 年 1 月）

八十寿诞作

降生八十征程远，西归九重天地宽。

万般世事无须恋，只忧几时统台湾。

（2020 年 1 月）

寻杜鹃

小楼初照闻杜鹃，烟柳绿茵寻不见。

回首西窗红嫣处，却在窗外桃花间。

（2020 年 2 月 19 日）

春望

夜来新雨洗千愁,晓望春色上高楼。

半山桃花半山竹,一江春水一江鸥。

（2020 年 1 月 19 日）

秋风冷雨夜思妻并序

近日,降温并兼寒风冷雨。夜深,吾独卧床,冷雨击窗,其声如泣似诉,其情甚凄。遂联想妻在世时,每逢寒夜,均以吾体温之,相伴五十三年,莫不如此。然今夜阴阳两隔,思妻独卧高山,何以驱寒？

秋夜孤灯独卧床,寒风冷雨乱叩窗。

遥想潇湘至高处,心忧妻君不胜凉。

（2020 年秋）

潇湘陵园祭妻

雾笼潇湘山色浑，霾浊墓碑魂魄惊。

冷雨淅沥刀割肉，寒风嗖嗖剑杀人。

冬去春来常独眠，天寒地冻倍孤零。

昼夜忧君独眠苦，梦里常与君共枕。

（2020 年清明）